王旭烽 著

苏堤春晓

浙江文艺出版社
Zhejiang Literature & Art Publishing House

图书在版编目（CIP）数据

苏堤春晓 / 王旭烽著.—杭州：浙江文艺出版社，
2024.6
　ISBN 978-7-5339-7593-7

　Ⅰ.①苏… Ⅱ.①王… Ⅲ.①中篇小说—中国—当代
Ⅳ.①I247.5

中国国家版本馆CIP数据核字（2024）第084153号

策划统筹 王晓乐		**版式设计** 徐然然	
责任编辑 汤明明		**营销编辑** 张恩惠　詹雯婷	
责任校对 萧　燕		**数字编辑** 姜梦冉　诸婧琦	
责任印制 吴春娟			

苏堤春晓

王旭烽 著

出版 浙江文艺出版社
地址 杭州市环城北路177号
邮编 310006
电话 0571-85176953（总编办）
　　　 0571-85152727（市场部）
制版 浙江新华图文制作有限公司
印刷 浙江新华印刷技术有限公司
开本 889毫米×1260毫米　1/64
字数 53千字
印张 2.75
版次 2024年6月第1版
印次 2024年6月第1次印刷
书号 ISBN 978-7-5339-7593-7
定价 29.80元

苏堤春晓　二我轩照相馆　摄于1921年

写在前面

　　1995年，我在浙江省文联工作，地点离西湖断桥很近。闻说断桥要断，赶去看时发现人群多挤在桥边担心，就想：断桥若真断了，许仙和白娘子怎么相会呢？因此触发了"西湖十景"第一部小说《断桥残雪》的创作动机。以后一年一部中篇，在双月刊文学杂志上发表，七部以后，开始两年一部，十三年后终于全部完成。

　　首先，这十部小说是十个爱情故事，红男

绿女，芳魂缭绕——《白蛇传》《梁祝》《李慧娘》，本来在西湖边发生的故事几乎就都是关于爱情的；其次，我企图在每部小说背后呈现一个杭州的文化符号，是看得见、摸得着的人文载体，比如荷花、古琴、金鱼、经卷、景观、花叶、印刻、书法、美术、工艺、戏剧等。最后，仅仅有文化事象不行，还要有哲理思考。比如《断桥残雪》里有关等待的意义；《平湖秋月》中当代社会精神与物质世界的审美对立，等等，它们通过十景中的意境一一传递。比如《三潭印月》，只有当你看出圆月是一滴饱满的、金黄色的、温暖的眼泪时，你的西湖边的人性解读方告开始。

十多年过去，小说曾经在高校成为线下课

程,也成为线上网课,被制成录像,也曾录成音频,拍成电影,成为行为艺术、实验文本。小说曾经作为整部形态问世,后又作为分册出版。我的朋友,曾任《江南》杂志主编的袁敏,作为被出版界盛赞的金牌编辑,提出这十部中篇应该构成分册型的整体,小巧而精致,知性且优雅,对她的观点我深以为然,且将其作为"西湖梦想"之一。

浙江文艺出版社的青年姑娘编辑们,终于编撰完成了一串美丽花环般的文字。果然就是部梦想读物,仿佛轻奢的生活艺术品,封面,册页背后、底下、上面及周边的无形与有形的文字花朵,如湖边的二月兰一般,突然就绕着故事草长莺飞,喧哗起来。于是,这些书册读物藤蔓一般地延展开去，小精灵一样地从书房间、地铁里、休闲吧中探出头来，参与着今天的杭州往事、西湖传说。

从故事里叠出故事的"西湖十景"，让我恍惚地想：她究竟是我写的故事，还是从我写的故事里生出来的故事呢……

王旭烽 2024年4月28日

目录

苏堤春晓

容秋泛鱼

映波桥

锁烟桥

苏堤春晓

玉带晴虹

望仙桥

跨虹桥

東浦

金沙港

玉泉

鎖瀾桥

小有天

堤横西湖，六桥相携，杨柳成行。八百年前苏东坡在柳下抚髯，恍然目视前朝刺史白居易从对面白堤飘然而过，由不得慨然长叹：白公啊白公，你有"乱花渐欲迷人眼，浅草才能没马蹄"，我怎么不能有"六桥横绝天汉上，北山始与南屏通"呢？于是赋诗一首，即诵成行。须知对诗境而言，重复乃险中之险，幸北宋苏东坡亦非为了与白居易一争高下方修建的苏堤。

苏东坡与苏堤

苏堤又称苏公堤，南起南屏山麓，北到栖霞岭，全长近三公里。苏东坡任杭州知州时，见西湖草长水涸，故上书皇帝请求疏浚河道，并用湖中淤泥筑起了一道横通西湖的堤坝。苏东坡曾写下「六桥横绝天汉上，北山始与南屏通」的诗句，记录疏浚西湖的盛况。后人为纪念他的功绩，将他修建的堤坝命名为苏堤。

白、苏修堤初衷实为杭人济难，故口碑方能代传。可见苏、白二堤被赞为湖上双璧，当为无心插柳柳成荫。可见苏堤永恒，原本亦是一种偶然，并非东坡先生之初衷。至于我等常人，原也不过是堤上来来往往的时光过客，掠过了，然后，烟消云散了。

我的朋友吴为，作为一名媒体人，比我更早地明白了常人与非常之人间的遥不可及。三十岁前他在报社工作，因以为自己乃横空出世的人中龙凤，成为我们这座温文尔雅之城毁誉参半的人物。他像一只雄赳赳气昂昂的小公鸡，在城市的各个角落发出响亮的叫声。后来，他经历了这个年龄段的人基本上都要体验的人生悲喜剧，他成熟了。按我们这群酒肉朋友在饭桌上对他的评价，他终于发育了。

往后吴为的生活相当丝滑、顺利。就像度过初恋劫难考验的红男绿女，接着的那一连串你侬我侬，看似阴风怒号，浊浪排空，实则春和景明，波澜不惊。三十五岁春天的那个夜晚，他驾着自己刚买的沃尔沃——他一直说那是借来的，这就是终于成熟了的人的标志之一——身旁坐着富二代女子，这也是终于成熟了的人的标志之一——到苏堤南口的酒店去吃订婚饭，那是像计算机一样测量好的事情。三十五岁，的确已经到了人生最光辉的年龄。爱情早已结束，婚姻终于到来。

饭店门口停着辆黑色的公爵王，车是吴为

的朋友钱成大的，这位富豪早就嚷嚷着要见吴为的小秘，吴为也早就嚷嚷着要他做他的金主爸爸。吴为的另一个朋友韩蒿是打的来的。吴为下车之时，刚好看到他那双破皮鞋从夏利的矮座里伸出。吴为身旁的富二代花怒放就跺着脚嗲声嗲气地叫了起来："哆啰啰，你怎么不打个电话，让阿为来接你啊?"

韩蒿和吴为乃总角之交，"韩蒿"与"寒号"谐音，大家由"寒号"联想到小学课本里那个著名的寓言："哆啰啰，哆啰啰，寒风冻死我，明天就做窝。"——韩蒿从此便顺理成章地得了"哆啰啰"这一诨号。韩蒿毕业后以新闻谋生，以前吴为常常指着报刊上的署名文章说："哆啰啰又在聒噪不已。"如今见了韩蒿，却不

苏堤日出　吴国方　摄于2015年

再叫他外号。也非韩蒿今非昔比，已无儿时一览无余的寒号鸟寒酸样了。相反，成年的韩蒿是寒酸到骨子里的，他是寒酸到骨子里的，他又瘦又高，长脚鹭鸶一般，袖口裤脚吊起，三十出头的他已开始掉发，正在一家濒临倒闭的杂志社混饭，茕茕孑立，久未再婚，更像一只"寒风冻死我"的寒号鸟了。正因为更像，吴为才不再当面奚落他。当面尊重与背后蔑视，乃是吴为的一贯话术。

这种做派我一清二楚，我俩半斤八两，从骨子里说他也算是我最亲密的敌人，是不是当面叫我"哆啰啰"，都不影响我对他的判断。于是我拍着他的肩膀说："行啊，无为'无不为'（这是我对他的哆啰啰的有力回击），昨日我又看到你和一个小太妹在西湖边促膝谈心，新面孔，生命力旺盛！佩服，佩服！"

不过这些油腔滑调我从来也不会在仪维面前透露一丝半毫。我俩刚登记，她从未婚妻变成了妻子，我是听说吴为和花怒放登记之后，夹脚屁股跟在后面登的记。吴为让我带一个新面孔女子来，我就把仪维带来了，现在你们该知道，我就是韩蒿了吧。

我知道这样不好，对仪维不尊重，我应该告诉她，我是把她拉来和吴为打对擂战的，可是我说不出口。我们这种人的某些心思是经不起深究的，我们是"强盗装正经，各自想拳经"。只有如怒放小姐一样的傻白甜瞄不出男人间的微妙。本人虽则压不过吴为，但仪维压她，绰绰有余。

怒放姓花，她比吴为小整整十三岁，原来就在吴为的节目组做主持人。她爱上她的顶头上司，不是没有阻力的。但越有阻力她就越爱得个乐此不疲，反倒让吴为来了个以逸待劳。怒放女士的父亲是吴为上司的金主爸爸，有那么两三年，这位金主爸爸都不知道该怎么决策此事。不敢太反对，怕物极必反，但也不能同意。十三是一个多么巨大而又不吉利的数字，但吴为的上司却在这期间默许了这一行为，使吴为得心应手，大有乘龙快婿舍我其谁之势。时间长了，面包终会有的，而且还有了牛奶巧克力，现在又有了沃尔沃。两头一比，十三岁的差距算得个什么。时代不同了，金主爸爸越来越深刻地认识到，如果知识是力量的话，文化绝对是金钱。这样的女婿不仅是半个儿，起码是"半打"的儿。因此三天前摆下一桌，干杯干杯，皆大欢喜。

领下了证，吴为就分别给钱成大和我打了电话，说是要请我们吃饭，他没说他已经成了有妇之夫，只说大家聚聚，把女朋友也都带来。他不想让人家为他的结婚破费。他不缺钱花，尤其不想花我的可怜薪资。但也不是真的如他自己所说的那样大家聚聚，别无功利。他的下一个动作，需要钱成大的投资，需要我的货品。

三十岁以后，他就不再只做一件事情了。他每做一件事情，都有七到八个目标。顺便说一句，现在我们这群人和从前不一样，从前我们主要是追求爱情，虽然追得上气不接下气，但钱袋里面空荡荡也没有关系。现在我们追求披着成功外衣的金钱，且同样追得个上气不接下气。呼吸正常者，也就是吴为吧，他是高手，这一点不承认也不行。

正因如此，目睹没有轿车没有老婆的我下车，而怒放小姐还在哂笑我哆哆啰啰时，吴为发现我的脸色在暮色中有了一丝尴尬，便轻轻拉了一下花怒放，高声说："韩大作家，不要金屋藏娇嘛，把你的玫瑰花也捧上来一展风采。"

原来，透过夏利车的车窗，他已经看到车里还坐着一个女人。他想，这个韩蒿，果然把女人找来了。那女人犹豫着不下车，吴为殷勤地上前一步打开车门。那女人从车里出来，礼

协调　吴国方　摄于1995年

二位女士在白堤晨练,她们的姿势整齐又默契,摄影师便将这一幕捕捉了下来。

节性地一笑。我只好上前搂住那女人的肩，心慌意乱地说："这是仪维。"

透过吴为的西装革履，我清楚地看到吴为的心砰地一沉。我们今天算是过了第一招，因为我们早就不是从前的我们了。从前，我们说话就是说话，动作就是动作。现在的我们，说话就是放箭，动作乃是宣言，而我此刻这个动作赋予的每一种可能，都会让吴为吃惊。他怔了一下，还来不及调整自己，我就声明："我老婆，刚登记。"

怒放叫了起来，拍着手说："怎么那么巧，我们也是前几日登的记。"她还要往下说，却见身旁的吴为摇晃了一下，他的新夫人便扶住他问："又耳鸣了?"然后对我们解释："他说他一上苏堤就会耳鸣，我还不相信。""现在你终于相信了。"我恶毒地关怀着他们。吴为向我们心照不宣地对了个眼神，朝前看去，苏堤望不到头，淹没到夜中去了。

我们最初喜欢苏堤，是和苏东坡无关的。我们喜欢它，主要是它比白堤自由。我们在苏堤旁把自己脱得精赤条条下湖游泳时，不太会碰到治安指挥部人员的横加干涉。我们在湖边垂钓，渔猎了不少水族。那时我们的愿望很普通，一只小虾就能让我们欣喜万分。按常到湖边散步写生的丰子恺的说法，几根小虾就够我们过一顿老酒了。不过那时候我们都是好孩子，也是苦孩子，我们是不喝酒的。

吴为小时家穷，父亲在劳改农场，母亲替人补衣服，吴为上面有一串兄姐，下面有一串弟妹，因此，我们钓的小鱼小虾很是帮了他家的忙，也许这就是我们形成既爱且恨关系的根本原因吧。有许多人都不喜欢别人知道自己的底细，我也是。每当我与别人用轻佻的口气叙述前妻怎么样被台湾老头挟裹而去时，我的幽默就发挥到了极致。我仇恨那些主动挑起话题、逼得我不得不伪装潇洒的人，因此我理解吴为，我就是那个挑起他童年话题的人。他一看到我就会想起那些在苏堤上度过的日子：我们光屁股下湖；我们躲在月季花丛中偷看情人接吻；我们抢比我们更弱小的孩子们的水中战利品；我们向成双成对的有情人偷砸石子；我们抱走

丰子恺与第二故乡杭州

　　丰子恺是中国画家、文学家、美术和音乐教育家。他生于浙江桐乡，早年师从李叔同学习绘画、音乐。丰子恺十分喜爱杭州，他先后在皇亲巷、马市街、田家园居住，携子女游览杭州山水，并在《桐庐负暄》中将杭州比作他的第二故乡。抗日战争全面爆发后，丰子恺被迫离开杭州，但西湖山水却一直留在他的心中。

别人放在西湖边的衣服，害得他们月上柳梢头时也只好泡在水里；我们甚至曾经无耻地向西湖里呲小便，比谁呲得更远；我们偷摘莲蓬时被人抓住，吴为被人绑在大柳树下时，我们纷纷作鸟兽散，远远传来的他求饶的哭声直到今天还犹在耳畔。由于我们的童年过得比较下三滥，我们今天文质彬彬的外表下面便也就藏了一层潦坏气，包括那潦坏气下的窘迫——吴为比我们所有人都要窘迫。

如果不是时来运转，这份窘迫会越发越大，长成高墙，足以把我和吴为隔成陌路人。感谢胜利的十月，吴为的父亲平反回来。作为二十年前的资深老记者，一名癌症晚期病人，他带我们去苏堤，给我们讲苏东坡，讲那个八百年多前的贬官、天才、长脸大胡子先生——他怎么样两次来到西湖，怎么样把西湖当了杭州人的眉毛眼睛，怎么样给想做和尚尼姑的人发了一百张"身份证"，换得钱来筑了这条流芳百世的堤。他又怎么样为了让皇帝老儿同意这样的好事，找了一个西湖水能酿天下好酒的借口。我清楚地记得，吴老爹站在跨虹桥下，向着里西湖金沙港畔层层水杉的倒影，以及水杉顶上将落未落的斜阳，长吟了一首苏东坡的《浣溪沙》："谁道人生无再少？门前流水尚能西！休将白发唱黄鸡。"

彼时，湖面黛青，有一只水鸟滑过，倒影里的斜阳微微地颤了一下，不见了。天空颤抖了一下，就暗淡下去，风就凉了，长堤如诉，六桥躬身，湖上空旷，湖下幽深。我看着归来的囚犯，除了他自己，谁都知道他活不长了。我强烈地感到人生如梦——唉，我本来是不想热泪盈眶的，但吴为的样子让我忍不住想哭——我们再也没有做过这样的小儿女状，再也没有为同一件事情流泪的时光了。不久后在吴老先生的追悼会上我也没有流泪，吴为也没有。我们不再到苏堤上去，我们开始奋发读书：书中自有黄金屋，书中自有颜如玉，书中自有大丈夫，我们成了大学同校不同系的同学。

我记得大学时代我们各自在系里翻跟斗，打虎跳，出风头。他学新闻，我学中文，互相吹捧，有应有答。毕业后他去了报社我去了杂志社，我们还算是紧密合作过一阵。我们后来

的关系越来越淡，这并非是我们之间越来越少
见面，恰恰相反，我们三日两头在一张宴桌上
吃饭。一开始我们挖苦名人，攻击时弊，后来
我们开始相互挖苦，也相互掏对方的口袋。再
后来我老婆私奔了，无人安慰。我很欣慰，他
终于来了，带来两个美人儿。我和他喝得酩酊
大醉，还在苏堤上为苏东坡大吵了一场。当我
说东坡是怀疑主义者的时候，他非说他是虚无
主义者。我们各自举了很多例子，弄得差一点
打起来。这也许就是我心里开始排斥吴为的开
始吧。再后来我认识了仪维，更不想碰到他，
虽然我们依然三日两头地在各种宴席上见面。

　　吴为和仪维，只在苏堤上散过一次步，要

不是他们今日重逢，他早就把这事忘记掉了。现在我的骤然一击，让他记起来了。我要让他不好受。我知道他不喜欢恋旧，讨厌伤感，习惯了不说正经话，不提老朋友。他总是说，弟兄哥儿们，老乡们，姐姐妹妹们……这些词语是没有记忆的，平面而没有纵深的，一次性消费的。

吴为不怀旧，是为了轻装上阵，不让身上负重。重量这个东西很不好，比如此刻，暮色中突然冒出一个仪维，叫他不得不想起他们曾经有过的夜晚：他们漫步苏堤，翻过一座又一座桥，那些桥又有那样美丽的风花雪月的名字，他们翻过一座，心就深坠一次。于是，他们的话题，从第一座映波桥的苏东坡开始，涉过锁

苏堤六桥

"苏堤六桥"为映波桥、锁澜桥、望山桥、压堤桥、东浦桥和跨虹桥。沈福煦在《西湖十景十谈：苏堤春晓》中称，苏堤之景，美在漫步。例如，在堤南的映波桥观西湖景，湖面开阔，远近层次丰富；东北方向可以看到小瀛洲"三潭印月"之三塔，再向东眺望，隐约能见湖滨；桥西则可以看到"花港观鱼"。

澜桥、望山桥、压堤桥、东浦桥，以第六座跨虹桥而告终。然后他们就不再用语言，干脆用肢体作了一次切肤之谈。再以后的事情没什么可说的，堤走完了，故事也就完了。许多吴为曾经以为是刻骨铭心的事情，回头一看，真是"大江东去，浪淘尽，千古风流人物"，真是"谈笑间，樯橹灰飞烟灭"。但那也不是真的回头看了，那不过是一边向前看一边假想着万一向后看出现的感慨。

尴尬，这个哆啰啰，真的叫他吴为来了一次回看——结果怎么样——耳鸣了！我可以为此虚构一个场景：有一次，这花花公子乘公共汽车，仿佛前面扶着车把的那个女人就是她，当时唰的一下，背就阴凉。发现虚惊一场，但背也没有再热起来。现在她就坐在他的旁边，另一边是他的小妻花怒放，我真想摸摸他的背。

饭桌上有钱成大这样的人，真是不讨厌。看得出来，钱成大和怒放小姐很谈得来。我也认为当今世界对土豪有一种误解，好像他们除了挣钱，其余方面都是饭桶。可以肯定地说，在我和吴为的视野里，存在着许多有学识有教养的儒商，但钱成大的确不是。他好色，色胆包天这一点是可以下定论的，比如他明明带着一个姑娘，不知道是从哪个深山老林弄来的，虽然漂亮，到底没见过大世面，一下子就被怒放小姐比下去了。钱成大就把她晾在了一边，只管和新娘子调起情来。关于这一点吴为看不出有什么不满，我想这可能就是吴为先生娶妻的重要原因之一吧。我恶毒地推理着，以后，这位怒放小姐除了负责给吴为生儿子，还将负责给吴为先生的男客户明送秋波。

钱成大看来是喝多了，不断地向怒放小姐表白："你们有空一定要到我家里去坐坐。比起你们知识分子来，我知识是少的，但别样是不少的。走进我家，也是很资产很资本的呢。"

钱成大是想说他家装修得很豪华，像电影电视里的那些资本家的别墅一样，但表达得风马牛不相及，好在大家都听得懂。仪维表现得很好，她感觉到那被钱成大带来的姑娘被冷落了，就借上洗手间回来之时，巧妙地坐在她身旁，与她轻轻地说着话，也不忘当饭桌上话题热烈时有礼貌地点点头。

　　不知道当年吴为认识仪维时，她是怎么样的。仪维属于那种素颜耐看的女子，只在特定的时刻，发射出惊人的魅力来，比如今天她化了淡妆，美得摇身一变成了另一个陌生女人。这是我决定娶她的重要原因。我那个私奔的老婆和怒放小姐一样，都是看上去特别漂亮，特别纯情特别甜美。虽是做纯情状甜美状，但不结婚你是发现不了这个秘密的。

　　我的前妻和花怒放也有不一样的地方，怒放小姐有点儿憨，她是奔放的，属于傻妞型，我敢打赌，这肯定是吴为决定娶她的根本原因。许多男人都愿意娶傻女人，今天怒放很高兴，她热烈响应着不管是谁说的话题。因为她终于成功地嫁给了吴为,她有一种自豪感,还有一种宣泄欲。她听了钱成大的资本和资产,惊奇地叫了起来:"哇!"仪维有些吃惊,看了看怒放。这一看很微妙,我发现吴为微微皱了皱眉头,这说明他已经不由得心头厌起。怒放小姐主持一档文艺类节目,经常要和那些头发染黄的明星们打交道。在她的日常用语中,就出现了"作秀""哇""OK""顶级""好好啊""你的脸很中国"的词语。她自己觉得好,新潮,还以为世界都在为她喝彩。

我知道,其实吴为和我一样,很讨厌这种一惊一乍的"哇",但我和他一样从来不对此表态,收视率证明,大众喜欢"哇"。仪维这一吃惊,却认同了我们心里的那点厌气,这是我暗

蘇堤看桃花

自欣慰而吴为心生芥蒂的。我上大学的时候，一个年轻助教给我们上王阳明，说王阳明的主观唯心主义，就是山上开了一朵花，王阳明没看见，就说那花不存在。一只茶杯在桌上，王阳明没有用茶杯，就说那茶杯等于没有。当时全班同学都听得乐不可支，觉得王阳明真是荒谬得可爱。吴为不要人来和他心里还有的那点东西共鸣。不共鸣，那点心里的东西就好像不存在。天长日久，也许就真的不存在了。

　　我开始和吴为大谈剧本。吴为这一次把我和钱成大拉在一起，本来就是想和钱成大谈谈钱，和我谈谈他正在策划的剧目。那是一出三角、四角、五角不知道会生出多少角来的情爱戏——有人自杀，有人出走，有人下落不明。

我们设想着，在这样的剧情推动之中，滚滚不息的钱就应运而生。吴为已经拉出了一个故事大纲，说好了让我做他的枪手，我也没意见，有钱就行。不过此刻他没这个心情了，但这是不能怪仪维的。仪维很平和，现代人的表现方式，最惊心动魄的呈现就是不动声色。

我和吴为一起去了洗手间。外面乱哄哄的，也不知发生了什么事，他显然没有心情关注。在那里冲了一下头，对着镜子里湿淋淋的脑袋，使劲撸自己的头发。这是他激动时的惯有动作，从前我们在西湖边摸螺蛳时他也常常这样。他在生自己的气，因为他不知道此刻他到底要仪维怎么样——杀气腾腾？抑或含情脉脉？这两种状态都会让他吃不消。他发现自己不能看哆啰啰这家伙给仪维夹菜——这真让我吃惊，也让他自己吃惊。多年来除了别人吃他的醋，还没见过他吃人家醋——忌妒乃是一种未发育完全的表现，他的酒肉朋友们要是知道他这会儿正在小便池旁把自己浇得一头雾水，那该又添出多少段子！

回来时发现饭桌上很热烈，他们正在评价我们这两个离桌的人儿。钱成大带来的姑娘总算有了说话的机会，她告诉我，刚才怒放小姐已经评价过我了，说我虽然写了那么多"性"来"性"去的小说，弄得自己好像很先锋很前卫，其实是一个老实人，除了老婆，没和别人上过床的。我深深向怒放鞠一躬：花怒放小姐到底还不是一个十三点，不至于把为什么认为我是老实人的证据摆到桌面上来。事情很简单，我的老婆跟人跑了，我找到她，她还大为惊讶，说：你不是说人活一场也就是一个空吗？不是说什么都已经散了架，什么都给抵销完了吗？不是说一个人实际上可以分成两个人、三个人，每个分出来的人都得要有一个情人吗？你都那样了我还跟你干什么，等着你来赶我不成？我听了竟一时无语。原来有关终极的大虚无，有关解构、消解、人格分裂，肉体、灵魂和性，都被我前妻成功地翻译成了市井话语并活学活用了。我拱拱手就甘拜了下风，当了那台湾老头的手下败将。周围的朋友们一边同情我，一边看不起我，都说我没本事，也就是老实，没有狠敲台湾老头一笔就让他得逞，在商品经济大潮冲击的今天实在是太没手段。我听了他们的金玉良言，就哆嗦着声音叫道："哆啰啰，哆啰啰，寒风冻死我，明天就垒窝。"

这些话怒放小姐当然不会讲给仪维听，她换了一种说法："哆啰啰这个人一点也不花的。"见仪维听了这话没什么反应，想起来不应该这样称呼人家的丈夫，就一本正经地说："韩蒿和我们阿为不一样，我们阿为没韩蒿老实。"

怒放小姐已经评价过了对方的男人，现在她希望对方来评价她的男人了——我的腿下意识地哆嗦了一下，我喝了很多酒，腿都喝软了。

大概是因为仪维没看到吴为就站在身后吧，她一边用餐刀切分着牛排，一边说："用你的行话，就叫作很酷吧。"

[清]董邦达　西湖十景图轴　苏堤春晓

"哇！"怒放高兴地跳了起来，一边把吴为的肩推成了一枚货郎鼓，一边说，"阿为，你听听你听听，最高评价，酷啊！"

我说："酷是什么？它总让我想到白公馆渣滓洞，老虎凳辣椒水——"

"那是残酷的酷啊，和我们现在的酷不一样的啊，仪维你说是不是？"怒放小姐竟然把仪维作了同盟军。这时大家都看着仪维，钱成大说："仪维小姐，你看我酷不酷？"

仪维说："你很热。酷是冷的。"

"哇！冷峻！阿为，高仓健的干活！"花怒放小姐更高兴了，平时她还是很得体的，至少不说日本话。

我看见吴为的脸突然红了，他点着头说：

"哪里哪里，是冷酷，是冷酷。"

花怒放就反过来摇仪维："仪维，你说他冷酷吗？你说阿为他冷酷吗？"

仪维不说话，只管自己小心地吃着牛排。大家都停下箸来等她开口，眼看着场面上就有些冷下来的趋势。正此时，听得隔壁包厢大乱，有女人尖叫，男人怒吼。钱成大真叫仪维说准了，他就是个热人，一听外面有动静就坐不住了，跑出包厢去打听，其余的人也就不再继续刚才的话题。我想起刚才在洗手间里，好像听到有人要行动"抓鸡"，大家都知道"鸡"是什么意思。一般做这种生意的女人是常把饭店当根据地的，但也有酒楼包厢里做了机关，为她们提供场所。

吴为很职业地说:"今天要是带着摄像机,拍一条现场新闻,倒也是很抢眼的呢。"

钱成大进来,摸着将军肚子,说:"是联防队的人来抓'鸡',都埋伏好几天了。"

大家都好奇地问抓到了吗,钱成大说:"说是抓了一个,另一个跑到楼上平台上,没抓到,不知道是不是跳楼了。"

这里是三层楼,再上一层平台,就是四楼。真要跳下去也不是开玩笑的,说不定就是一条人命。不过看钱成大说话的口气,也不像真有人要跳楼的样子。毕竟是"鸡",脸皮不要的人最要命了。

我顺嘴问:"有人下去看了吗?"

苏堤之景春为最

苏堤之景，最美在春日，「苏堤春晓」「六桥烟柳」也是历代文人喜爱吟咏的题材。康熙南巡杭州时，将「苏堤春晓」列为「西湖十景」之首。《西湖志》载：「春时，晨光初启，宿雾未散，杂花生树，飞英蘸波，纷披掩映，如列锦铺绣。」游人便留下了「四时皆宜，而春晓为最」的印象。

"这头窗户下面是个大杂院，封了两道门。喝酒喝酒喝酒，有联防队呢，不关我们的事。"钱成大说。

仪维站起，拉开窗帘，夜就扑面进来，衬出了她的往外扑去的腰。只听她失声叫道："啊呀，下面有人！"

吴为跳了起来，比所有的人动作都要快，一下子就扑到窗前，他果然看到楼下躺着一个衣服黄乎乎的人。再回头，仪维已经消失在门口。吴为不假思索地就冲了下去，事后再也想不起来他当时怎么会有这么快的速度，三步两步就超过了正往楼下跑的仪维，一下子就奔到杂院。大铁门上着锁，仪维上去推，吴为叫道："你走开，走开！"

他竟然拿出多年前大学里撑杆跳时的架势，往后退了几步，一鼓作气用肩撞开了门。开第二道门要比第一道门麻烦，门高，吴为做撑杆跳状也不行了。幸亏这门是不牢的，他就凶猛地踢将起来，几下就踢出个大洞，正好够仪维钻进去，然后从里面再打开门。跳楼的就躺在那里，吴为冲了过去，借着楼上的光一看，是个女的，别的都没印象，就记住了那女子两条很浓很细的画眉。仪维也冲了过来，把手凑到那女子的鼻下，惊慌失措地问："还活着吧?"

女子细画眉下的眼睛突然睁开，一双黑白分明的眸子，茫然地一轮，又闭上了。吴为和仪维对视了一下，这是他们重逢后的第一次对视，吴为说："去医院!"

他们抱着那女人进了沃尔沃，身旁一片嘈杂。不过很快就安静下来了，吴为驾着车冲上苏堤。翻过六吊桥，折往灵隐路，有几家省里的大医院。抱着女子坐在后座上的仪维突然提醒说："苏堤是禁开机动车的。"

吴为回答说："知道。"

女子再次睁开了一次眼睛，然后又闭上了。她的嘴唇苍白，几乎和脸色一样，她正在遭遇着的世界，也和她的脸色一样明灭变幻，黑暗中透着刺亮。在夜里，苏堤是一条和白堤不一样的堤，没有香车宝马式的风情，它寂寥平凡，几乎没有人，几乎没有光，光是从湖上的阮墩环碧借来的，苏堤就成了一条旁观人间烟火的堤。听见车轮在堤上碾过的声音。尽管此刻人

楼外楼望出去的视角　吴国方　摄于2016年

楼外楼坐落于孤山脚下，是杭州著名餐馆，距今已
有近180年历史，"西湖醋鱼""宋嫂鱼羹"等招牌菜
享誉中外，吸引无数游客。鲁迅、丰子恺等名家都
多次光临。

命关天，吴为还是意识到夜的寂静——他已经
很多年没有领略过这样的寂静了。

　　当我叙述这一切的时候，好像我就在他们
身旁，好像我就是吴为。其实我按兵不动，根
本就没有跳起来。他们动作飞快，我依旧缓慢，
就像一组电影特技镜头——他们快进而我则慢
速，可以用蒙太奇手段作相互切换。当我走到
窗前，还能看到那穿黄衣服的姑娘躺在底下的
模糊色块；等我下楼，却只能赶着看到吴为和
仪维抱着她往沃尔沃里钻的背影。我在亮处，
他们在暗处，仪维的背影融进了夜。车开了，转
弯，不见了。我站在灯红酒绿之下，莫名其妙地
想起了苏东坡的悼亡词：十年生死两茫茫，不思

量，自难忘。千里孤坟，无处话凄凉……

　　当初，仪维给我打电话时，我刚和前妻了却那一段人间喜剧。我对女人的态度变得十分复杂——强烈的厌倦和复燃的渴望。仪维却不是找我，她想通过我给吴为传递一个话。电话里这个女人的声音使我好奇，我并不认识她，她怎么知道我和吴为的关系？她显然对我的问题有所准备，说是通过吴为知道我的。可是既然你自己就认识吴为，还要我来当什么传令兵。她说，那是许多年前的事情了，她现在去找他不方便，除非确信她找到吴为对事情有所用。这是什么意思，我捏着电话耳机筒紧张地想：难道吴为有什么把柄被这个女人拿住了？一阵打探人家隐私的好奇心涌上心间。

我们约好了星期日下午，在孤山脚下见面。这个地方很有情调，两旁是西泠印社和楼外楼，背后是孤山，前方是阮公墩，右前方，一抹横堤，是杨柳岸晓风残月的苏堤。说不清楚为什么我能把仪维一眼就认出来。她不是那种富有特点的女性，衣着很平常，个头一般，头发垂在肩头，面色细腻，穿一套半新的浅色衣裙。我再想不到别的形容了，她浑身上下一点首饰也没有，非常干净。她是骑着一辆自行车来的，半新的自行车也擦得非常干净。相比之下，我的车就像是从乞丐王国偷出来一样。

我们坐在中山公园外西湖边的长椅上，立刻就进入了主题。仪维轻盈静谧，其实始终没

阮墩环碧　吴国方　摄于2004年

阮公墩是西湖三岛中面积最小的一个岛。清嘉庆
年间,学者阮元任浙江巡抚时为疏浚西湖修建了这
座岛。后人为纪念他的功绩,将其称为阮公墩。20
世纪80年代,岛上栽种花木,兴建云水居、忆芸亭、
环碧小筑等建筑,"阮墩环碧"由此得名。

有停下来过，开始她掏出一张报纸擦长椅，等擦干净了我坐下时，她开始擦她那辆车的踏脚。擦完了踏脚，她开始擦我的车轮。起初我沉浸在我们的话题里没有注意，后来发现了，连忙中断我们的话题说，我的车从买来到现在就没擦过，没有擦过的车子防贼。她连头也没有抬，只是说，没关系，没关系的。想来是她有洁癖吧。她的头发垂了下来，让我想到挂在我们身后的垂柳，想到一些美丽的温柔的东西。我不明白为什么我也会蹲下，和她一起擦起我的车来。

　　仪维托我做的事情其实也不复杂。原来五年前吴为在报社调查过一个案子，在这起冤案中，有一个青年跳楼自杀。吴为本来是要披露

从葛岭远眺孤山和西湖　[美]西德尼·甘博
摄于1917—1919年间

此案的，后来不知为什么打住了，但有关这位青年的许多资料，都留在了吴为手中，一直没有还给青年的母亲。现在这位母亲要向吴为索回这些东西，吴为却早已调离了原单位。她通过别人找过他，但怎么也收不到回音。他总是那么忙，找不到他这个人，找到了他也对此不置可否。所以她只好通过我来帮忙办这件事情了。

这事一听就觉得麻烦。我不相信吴为还会保留五年前的调查档案，也不明白那个母亲为什么时隔五年还要那份档案。

仪维按着轮子，一边细心地擦着，一边说："她快死了。"

原来那母亲快死了，她要带上独子活着时

的冤案上路，这是可以理解的，值得同情的，我愿意帮助她做这件事。但这件事情和仪维又有什么关系呢？她说，没什么关系，只是她认识那位母亲。我松了口气，心里有了底，此事能做尽量做，做不成也没有关系。我说："这事不复杂，何必绕大弯子。你自己找吴为真不行?"

"吴为说过，你是他的一个非常好的朋友，他说你非常了解他。"

"听你那么一说，我倒觉得你很了解他呢。"

"我不想了解他。"她简单地回答，"但他起码要给这件事情画一个句号。"

"我可以把这些话告诉他吗?"我问。

"随便。"她站了起来，自行车已经被我们擦得焕然一新。

那一次她没有告诉我她和吴为曾经在苏堤上度过的那个夜晚。她很快就走了，骑着她的女式自行车。看着她的背影，我知道我们还将见面，并且不止一次。

　　现在已经是九点了，我们还在饭店里耗着。没有吴为和仪维的消息，刚才走得急，吴为连手机也没有带，呼了几次传呼也没反应。我们也不知道是走开还是等着，这情景有点像一首缠绵的港台情歌。好几次钱成大要付钱，怒放死活不干，非要等着吴为回来。她半埋怨半自豪地说："他就是这么一个人，一天到晚见义勇为，也不看看时候。哆啰啰，我看我们两人也不用等他们，我们算一对，自己入洞房算了。"

钱成大就起哄，说："这下韩蒿占便宜了，占便宜了！"

"你怎么不说她占便宜了？"我回首攻击。

正当我们说着荤话打发时间时，仪维的电话来了。我从来也没有听到过这样哭笑不得的事情。那跳楼的女人倒是被及时送进了医院，但那救人一命的人也被送进去了，仪维说不清楚吴为是被送进了联防队还是被送进了派出所。我叫了起来："莫非他们把吴为当嫖客了？"

仪维在那头说："开始是当违反交通规则的，后来吵起来了。你们快来吧，他们那头要证人呢。"

我们大惊失色地上了钱成大的车。这位老大一边把着方向盘，一边对着花怒放摇头笑，说："这下股票套牢了，这下股票套牢了。"才开了几步，发现我们情急之中又往右边拐上了苏堤，连忙又掉头，老老实实地往西山路驶去。花怒放不再那么心花怒放了，她沉默下来，过一会儿对我说："韩蒿，这是不是太不吉利了?"

我伸了伸我那双穿着破皮鞋的脚："哎，那么认真干什么，船到桥头自会直。"

吴为果然是被那些联防队员扭送到附近他们的指挥部去了，怒放放下脸问仪维，为什么不告诉他们吴为是电视台的。仪维说联防队的人不相信，要看证件，证件都在我们手里，刚才又没来得及拿。花小姐一声冷笑，说："我到电视台那么些年，倒是还没看到过那么无法无天

西山路与杨公堤

田汝成在《西湖游览志余》中提到：

「西湖开浚之绩，古今尤著者，白乐天、苏子瞻、杨温甫三公而已。」但由于历史的原因，西湖的水域面积一度缩小，西山路与杨公堤之间杂草丛生，杨温甫的名字也一度被人遗忘。为了恢复西湖的历史原貌，二〇〇二年，杭州启动了「西湖西进」工程，将西山路变路为堤。如今，西山路（杨公堤）游人如织，一个更美的西湖展现在人们眼前。

的人，什么人他们都敢碰，还想不想吃饭了!"

我看到仪维有些吃惊地看了看怒放，她总是不能够坦然接受一个人不为人知的另一面。我问她，为什么不让那个跳楼的女人证实一下你们的身份，仪维说："你看看，她能够说话吗?"

我们一群人这才注意到这出戏的主角。那女子躺在急诊室外的走廊上，头顶逼着一盏明晃晃的日光灯，已经挂上了大瓶，但人显然还处在半昏迷状态。钱成大和花怒放忙着救英雄去了，我和仪维就站在走廊的窗前，一边守着那女人，一边看着窗外的黑夜，我相信我们俩此刻心情都很激动，这突然冒出来的跳楼的女人让我们有了一种重新体验宿命的神秘感。我说："真是悲剧重演。"

仪维看了看我，她竟然重复了我的意思："真的，真的会有这样的事情。"

我说的悲剧重演，其实并不是完全地重复。至少那一年仪维在医院急诊室接待的跳楼青年，并不是仪维亲眼看到、亲自送到医院里来的。仪维告诉过我，其实那青年送来没多久就死了。他的几个哥儿们一面让医院出具死亡证明，一面挡着不让火化遗体，说一定要把这件逼死人的冤案查得水落石出才肯罢休。我的朋友吴为也就是在这样的时候，认识了我现在的妻子、护士仪维的。

至少五年前，吴为还是一个主动出击的寻找正义者。他像一头敏捷的猎狗，四处闻嗅着可探之物，捕捉着任何一条可以被他抓住不放，可大做文章的新闻线索。那时候我已经有点看破红尘了，但还是佩服他实践理想时不屈不挠的精神。大学毕业那一年，我们都夸下过海口——一年荡平本单位，两年荡平本市，三年荡平本省，四到五年荡平全中国。五年过去之后，我连本单位也没有荡平，反倒是本单位荡平了我。吴为虽然不曾荡平全中国，不过至少在本省已经是一个屈指可数的优秀记者了。有好几次官司，眼看着他就要被恶势力摧毁，在命运的紧要关头他又反败为胜。作为一名平民记者，他得到了众多百姓的支持。他的口碑甚佳。那时候我从来不叫他无不为，我叫他吴青天。当他在屏幕上指点江山激扬文字时，我忌妒他，

［清］董邦达　西湖十景　苏堤春晓

御題西湖十
景詩
蘇隄春曉
通守錢塘記
大蘇取之畫
適逢吾長隄
萬古傳名娃
肯讓吾亢擅
咪湖

我佩服他，我甚至有点崇敬起他来了。

想象一下，那年春天，一个上午，年轻的刚从护校毕业两年的外地姑娘仪维刚刚上班。她穿着一件雪白的散发着皂香的白大褂，戴上了护士的大白口罩。正在这时候，一个身材高挑的穿黑色风衣的年轻人，出现在门口。他礼貌而又自信地问："请问，你们这里有一位名叫仪维的护士小姐吗？"

屋子里本来还有好几个姑娘，她们看着他，暗暗心惊，这就是被异性征服的第一个生理反应。当然这种反应是绝不会浮现出形体的，况且这帅哥要找的又不是她们，他好听的天鹅绒般的男中音，不是为她们而发的。所以她们中的一个，就叫了一声："仪维，有人找。"

仪维正在抽屉里找东西，回过头来，就看到了吴为。她也有些吃惊，但不是其他女孩子的吃惊。她吃惊，是因为那些天她一直被缠在了跳楼青年自杀的事件当中。青年还没气绝时，他的母亲一头扎下，眼看自己要气绝了。那天夜里正好是仪维当班，她又是外地人，又没成家，下了班也有的是时间。正巧那母亲在这个城市也是孤身一人，唯一的儿子又不明不白地死了，因此她也不想活了。给她挂上生理盐水，她就拔掉，只要有力气欠起身子，她就一头朝墙上撞去。仪维在这样的情势下主动留下来照顾不幸的母亲。要让已经决定和儿子一起去死的母亲活下去，那是一件非常艰难的事情。我想仪维和她的同事们一定用了很多办法。用

苏堤春晓

[明] 张宁

杨柳满长堤，花明路不迷。
画船人未起，侧枕听莺啼。

"爱"来激励母亲，显然已经无济于事，因为爱的对象已经永远地消亡了。仪维自己也记不清是谁提出了"仇恨法"的，只有坚持为不明不白死去的儿子报仇这样一个信念，才能让那个把自己额头撞得血淋淋的女人活下去。

仪维说这一招很灵，母亲活下去了。出院那天，是仪维亲自把她送回家去的。"我住的地方离她家很近，她死了儿子，连个陪她回家的人也没有，我就想顺路送她回家算了。"后来她这样对我说。

"你是想说，要是那一天你不送她回家，你就不会陷得那么深了？"我故意这样问她。

她沉默了一下，突然叹了口气，说："你们这种人啊……"

"什么意思？"

"人家的独生儿子，被冤枉死了。一个人死了。"她看着我。她的目光使我心动了一下。一个人死了，对我们而言，就是一个人死了。可是当她说这句话时，好像顺带着她也死去了一部分，这种对死亡的共鸣使我吃惊。

吴为来找仪维的那一天前，仪维还在跳楼青年的家里。一群热心人正在给那母亲出主意，其中有人指着电视上正在伸张正义的一张脸说："去找找这个人吧！听说记者一登报，事情就好办了。"

仪维后来看到吴为吃惊，就是因为她想起那张电视屏幕上的脸。

我从来也没有向吴为打听过，他对仪维到底是一种什么样的感觉。单是想到这样一个问题都叫我心里难受。可以想象得出当时吴为是怎么样热情地、充满正义感地、细致严密地向方方面面的人了解这一悲剧的全过程。他又是怎么样地由仪维领路到那不幸母亲的家中。他让那母亲又活生生地经历了一次儿子的死亡。最后他从母亲手里拿到了所有的可供此事件报道的材料。他的确是准备在近期适当时候放出这一重磅炮弹的——问题是，与此同时他为什么要带着姑娘去漫步苏堤呢？

在吃不准吴为和仪维的关系之时，我只能轻描淡写地把仪维托我的事情在电话里对吴为说。还没说完，他就在电话里叫了起来："这桩事拖了那么多年，甩到你这里来了？"

我说："吴为，我看算了，又不是叫你再去打官司，你把材料还给人家拉倒。"

"五年前的东西，一时间到哪里去找？"

我也不想和他多啰唆："你只告诉我东西还在不在。要是不在就算了，我去给你揩屁股。人家老太婆睡在床上还有一口气，想带着这包东西到阎王爷判官那里去打官司。"

"你怎么知道这些？"

"仪维跟我说的。"我这才把仪维扔了出来，以观吴为动静。

吴为却笑了起来，说："你也认识仪维，是她叫你来取材料的？"

我连忙就脸不变色心不跳地撒谎："哪里哪

里，老太太在医院住院，七托八托地托人找我，怕我不相信她的话，才叫仪维做的证明。"

"谎话都编不圆的人，下午过来拿吧。"

吴为很轻松地就把那包东西交给了我，一边说："我本来还想，迟早有一天会亲手交给仪维的，想不到一拖就拖了那么长时间。"

我朝他别有用心地看了一看，我就是想看出他的狐狸尾巴，他的伎俩也就是我的伎俩——我们都学会了在顺便说一说时把最重大的、最重要的事情说出来。比如我给吴为送一篇稿子去，我们先就稿费问题贫上半天嘴，临走时我再顺便告诉他，以后想见我的老婆，就要到台湾去见了。那么这一次吴为是不是向我暗示他与仪维的不平常的关系呢？在我朝他大有深

蘇隄春曉

意地暖昧地看着的时候，他会意地笑了，说：
"你不要鬼头鬼脑，实话告诉你，我以前是想讨
她做老婆的。"

"想了多久?"

"一个晚上。"他这样说着的时候，把我推
到了门口，拍着我的肩，用嘴努努那包材料，
说："不得扩散，有数?"

我也拍拍他的肩说："有数，不把它们化为
灰烬我绝不罢休。"我明白，把这些材料交出
去，吴为到底还是不大放心的。

吴为很快就被钱成大和怒放一起保出来了。
原来事情很简单，是被吴为自己弄复杂了。他
们前脚把跳楼的女人送到医院，后脚联防队员

们就赶到了。医生粗粗检查了一下说，一时半会儿生命倒没有什么危险，但有可能脊椎骨摔断了，立刻就要付一笔钱手术。那女子人事不省，哪里来的钱，还是吴为代付了钱，并对联防队员们交代了，明天到他们那里来算账。联防队员们就说，不罚你违章开车，已经算是不错了，你还要来算什么账？

原来联防队员们看吴为那么热心，想这个世界上哪里真的还有什么雷锋。再说即便真是雷锋，也不会甘心去救一只跳下楼去的"鸡"，想来必是嫖客无疑了。话说到此，吴为本来也不要再拿鸡蛋去碰石头。等到天明，他就是石头而他们就有可能是鸡蛋了。然而吴为这些年来长袖善舞，也是恃才傲物的，便看不起这些小吏小役。平时还算检点，今日喝了一点酒，还受了一点刺激，就管不住自己地开了骂。单单是骂人家几句，倒也就算了，他偏偏一针见血，入木三分地揭露他们，说这些联防队员，就是早已设计好了陷阱让"鸡"们来跳，然后再收取她们和嫖客的罚款。"你们和流氓地痞有什么两样！"他的话音刚落，脸上就挨了一下。仪维上去劝架，被他们推出去老远，说："你是不是一只'鸡'，我们还要查一查。"他们这么说着，就把吴为给架走了。要不是我们及时赶到，今天夜里放不放得回来也难说呢。

可以想见花怒放小姐听了刚才吴为的三言两语之后有多么愤慨。她的本意是要让那些有眼不识泰山的家伙吃不了兜着走的，但吴为进

乙亥夏日楼外楼坐雨

郁达夫

楼外楼头雨如酥，

淡妆西子比西湖。

江山也要文人捧，

堤柳而今尚姓苏。

了一趟联防队，突然冷静下来，只让钱成大先送了花怒放他们几个回家。怒放不理解，问："那你呢?"

吴为说他还须再等一等，事情安排好了他再走。花怒放不明白，有什么事情轮得着他安排，别人的祸福说到底和他有什么关系。说到这我才想起来，那女人还躺着呢。虽然她已经出卖了她的肉体，但卖掉的肉体也是人的肉体，总不能见死不救啊。花怒放小姐无限怨恨地说："都做'鸡'了，还跳什么楼啊?"

怒放小姐不愧是媒体中人，提出的问题令人沉思：是啊，都已经卖肉为生了，还跳什么楼呢？我们这样想着的时候，一起来到了走廊上的担架床前。仪维正在那里忙上忙下地照料她，见我们来了，便说让我们先回去，这里有她。有什么事情，明天再说。我说："还是你先回去吧，你也上一天班了，不像我们无聊文人，闲得发慌。"仪维却说："她是个女的，还是我照顾着方便。"花怒放听了就对吴为说："要不我们明天再说吧。"她这是明显地要求吴为和她一起回去。其实我也想让仪维提出这样的要求。作为一场奇遇，到此为止也算尽心，再接下去就有些画蛇添足了。但我早已学会了虚伪，所以我假惺惺地对吴为说："你们先回去吧，有我和仪维就行了。"我心里却在说，吴为，我看你吃不吃得消！

吴为果然摇摇头，把两只手往胸上一揣，就站到窗边去了。

我们足足等了一个多小时，那跳楼的女人终于睁开眼睛说话了。她的第一句话就是"痛啊"，她的第二句话是"亮啊"。

　　她喊痛，我们是没有办法的；她喊亮，我们倒还使得上劲。我和吴为找了值班医生，说明情况，希望把病人先放到病房里去。值班医生看看我们，问道："知道那人的情况吗?"我们俩异口同声说，知道，是暗娼。值班医生又说，观察室没有空的床位。吴为说，他是电视台的，要对此案进行跟踪报道。医生想了想，说他想起来了，观察室里刚刚腾出了一张床位。

　　好不容易把那跳楼女子安顿完了，仪维又催着我们回去，我忍不住说："那你也走吧，这

苏堤清明即事

〔宋〕吴惟信

梨花风起正清明，游子寻春半出城。

日暮笙歌收拾去，万株杨柳属流莺。

里有护士医生，我们也已经把钱给她垫上了。"
我这么说着时，朝病床上的人看了看，吓了一
跳，跳楼的女人正张着眼看我呢。仪维摇摇头，
说："明天一早，我联系上她的家人就回来，你
们回去吧。我是护士，我知道该怎么处理。"

这段时间，吴为腰上的拷机就没有停过响，
不用猜就知道是花怒放的。我突然发现傻女人
并不像人们想象的那么省心，聪明的女人也不
像想象的那么难弄。幸福感突然上升，我拍拍
吴为的肩，说："走吧。有我老婆在这里，尽管
放心。"

坐在车内，夜幕当道，新叶一丛丛地挂在
半空，一路无话的滋味其实并不好受。这就是

朋友处到某一个份上极有可能出现的险况。这时最好是三十六计走为上，或者干脆往那陷阱中一跳拉倒。总之我并不想和吴为谈心，他身上那股和刺猬一样的扩张劲头让我不舒服。我们就这样地翻过了西泠桥，在不到"平湖秋月"的地方，他突然停了车。他说，抽支烟吧。

我们站在白堤上，点上了火，看着右前方模模糊糊的一抹长堤。此刻湖上三岛，已经把游客们都迎送完毕，终于沉沉睡去。夜深人静的西湖，方才露出真性情来了。

我说："阮公墩上的女婿也招完了，现在怕不是早就入了洞房了。"我那是拿阮墩环碧上小姐抛绣球的模拟游戏调节气氛。他叹了口气，声音里还带着点讥讽，说："你倒是沉得住气，把老婆一个人扔在那里。"

"我这是向你学习啊。"我反唇相讥，"你不是也把老婆一个人扔在那里了吗?"

像是印证我的话一样，吴为的传呼机又叽叽叽地叫了起来，静夜里，竟变得分外响亮，然后突然就没了声音，我知道是吴为把它给关了。

"你这个家伙，做事情太不大方了，"他坐在长堤的木凳上，声音就冷了下来，"还是光屁股长大的朋友呢，这么大的事情也不告诉我一声，成心给我一个突然袭击。我倒是老实，什么都带出来给你们看，我们两个不对等!"

这半天，我都一直有一些诚惶诚恐的，这时突然来了气。我觉得，他把他的控制欲渗透得连生活细节也不放过，是太过分了。我说：
"我和她结婚关你屁事啊！"

我怼得厉害，直呛得他半天说不出话来，
就默默地抽烟。最后站起来，一声不响地进了
车，手扶方向盘，看着我。

我说："你先走吧，我想回医院看看。"

他立刻说他送我去。我又说不用，自己就
往回走。他就把车头掉了回来，一把拉我进了
车门，说："你这是干什么！"

车子往回开，弯弯绕绕，犹如心情。一抹
苏堤，朦朦胧胧，总在眼中。我有些扛不住了，
就说："你说得对，我把老婆一个人留在那里，
真不是个东西。"

"好了好了，我知道你是想留下来的，我们

两个，谁跟谁啊。"他突然拍了拍我的肩，我们算是和解了。

医院还真回得是时候。跳楼姑娘终于醒来了，四肢不动但头脑活跃。她先是要仪维摸摸她的裤子口袋，说里面有一个近千元的钻石戒指，可以拿来暂时抵住院的费用。仪维摸了摸，没有。姑娘就哭了起来，断断续续地说，戒指，不是掉在那跳楼的地上，就是有人趁火打劫偷走了。你想，就在这时候，我们突然又出现在她的面前，这是什么感觉。我也不跟这种女人说话，就把仪维拉到一边，问："你打听过了吗，她叫什么名字？"

仪维说她叫尤燕燕，是从湖北来的。尤燕

饮湖上初晴后雨

〔宋〕苏轼

水光潋滟晴方好，
山色空蒙雨亦奇。
欲把西湖比西子，
淡妆浓抹总相宜。

燕，尤燕燕，谁知是第几个假名。我就走过去对这个尤燕燕说："你究竟有没有钻石戒指我们不知道，反正我们救你的时候，肯定不可能顺便掏你的口袋，你说话可是要讲良心的啊。"

那尤燕燕就哭了起来，声音很轻，皱着眉头，呻吟着说："我是真的有戒指的啊，不信可以去问我的未婚夫啊，是他送给我的，我们本来准备下个月结婚的呢。我不骗你的，我都跟这位大姐说了的呢。"

尤燕燕说这番话的时候，眼泪从眼角一直流到了枕头上。她脸色苍白，五官端正，目光看上去很纯朴，嘴唇略厚，但一点也不难看。她的头发没有染黄，天然黑发齐肩。总之，这个姑娘怎么看，和"鸡"都挨不上边。

吴为听了这话，就对我使了个眼色，我把仪维又拉上，我们三个人到了门外，我说："你们都看到了吧，这就是那种最容易迷惑人心的女人，她肯定就是以这样一种手段来诈取男人的钱财的。什么钻石，什么未婚夫结婚，初级阶段的谎言，我们决定一下怎么办吧。"

仪维看了看我说："她说的是真话，她把未婚夫的单位都告诉我了。也是从湘鄂一带出来，到杭州打工的，他们真是准备下个月回去结婚了呢，谁知就出了这事。"

仪维的脸在日光灯下发着惨绿，这个容易轻信的姑娘，又将开始新一轮的受骗上当。我就是因为她的轻信爱上她的，我对她的爱就是无情地粉碎她的那些轻信。我说："这是一个很一般的骗局，被称为未婚夫的男人，很可能就是她的皮条客。"

一直不开口的吴为朝我看看说："韩蒿，你可真是一朝被蛇咬，十年怕井绳。"

我的脸，可以说是少见地一下子就红了起来，吴为是在拿我的前妻与这个暗娼做比较呢，用心何其毒也。可是我却说不出一句话来回击。倒是仪维一点也没有注意到我们之间那些微妙的东西，只是简单地说："我是这么想的，如果她是一个坏人，她就不会从楼上跳下来。"

这个推理真是十分直接又有说服力，我们一时愣在那里。仪维这才建议说让我们在这里等一会儿，她再回刚才我们吃饭的饭店看一看，或许那姑娘跳楼时钻石戒指就滚到了地上。我和吴为迅速地交换了一下眼神，这说明我们男人是求大同存小异的。尽管他半分钟前还恶毒地影射我，但实际上我们对这个问题观点一致，只是在仪维面前，我们说不出与她相反建议的话来。这时候谁要是说一句"我们回家吧，别管这事了"，谁就会先脸红心虚起来的。吴为迅速地作出了反应，说："我有车，还是我和韩蒿跑一趟。"

仪维坚持自己也要去，她说她还能帮着吴为回忆一下刚才的经过，不要漏掉什么走过的地方。看得出来，仪维是对我们这些男人不太放心。

我把他们送到车门口的时候，有些苦笑地对吴为说："吴为，按照钱成大的说法，这次是你的股票套牢了。"

"说这些干什么，人家一句话都没说过呢。"

他说的人家，自然就是仪维。

尤燕燕躺在那里，一直不停地翕动着嘴唇，我听得出来，她是在说"谢谢"。她要不是一个"鸡"就好了，我就会相信她的谢谢了。但此刻我怎么看都觉得她是在含痛演戏。她正打着吊针，我又不敢睡觉，而尤燕燕，也不知是痛的，还是被刺激的，她突然目光炯炯，话越说越多起来。

"先生，我真是想死啊，我真是不想活了，我也不管几楼，跳下去一了百了算了，我就是这么想的啊。"

我到底还是有些好奇，看她也不像是能睡着的样子，便问她这到底是怎么回事。犯了错误，交了罚款，从此不犯就好了嘛，何苦跳楼呢？

　　她看着我，用明显的带着湖北话的口音对我说："先生，我是没办法，我也是个人啊。"

　　照她几乎接近梦呓的叙述，我大概知道了这起跳楼事件的前因。

　　尤燕燕在这里做这样的生意，已经有一年了，前一段时间她准备结婚，停了两个月。照她自己所说，她重新出山也是迫不得已，因为她的存款不够她结婚用的。她准备最后拼搏那么一次，然后像树上的鸟儿成双对一样，夫妻双双把家还。

不幸的是她这一次没有单独行动，而是和一个同乡联手出击。没想到那个同乡已经成了联防队的内线。"他们设了个套让我钻啊。是我那个同乡给我拉的客，我刚进屋，什么都没干呢，联防队就冲进来了，沙发上地上翻钞票，哎呀，吓死人啊，吓死人啊……"

"吓死人你也别跳楼啊，有什么比命还要重呢?"我说。

"先生，我们也有脸啊，我们的脸也不比命贱啊。"这位尤燕燕竟然说出一句令我刮目相看的话来。我就又说:"也不是非要跳楼才能保住脸的。你不是还有钻石戒指吗?你把那钻石戒指给了联防队，你不就可以神不知鬼不觉地被放了吗?"

[清]佚名　刺绣西湖图册　苏堤春晓

"可那是我男朋友送我的订婚戒指啊，就是外国人在教堂里戴的那种。"尤燕燕双眼放光，脸色泛红，不知道是兴奋还是发着烧。我心里想，说的和真的一样，难道还真有一个男人等着和她结婚啊，那也是大千世界无奇不有了。看来尤燕燕的确是一个聪明的失足青年，或者是阅人无数经验丰富的老手了，但见她说："你以为我们这样的人就不想要爱情，就不想要结婚了啊？先生，我刚才已经听你女人说过了，你是写作的，作家。我什么时候把我的遭遇告诉你，也可以写一本书呢。"

　　我就第一次正面看了她一眼，一边告诫自己，不要同情她，不要同情她，起码在没有找到戒指之前不要同情她。可是我心里明白，我已经同情她了。为了掩饰我肚子里那些针尖对麦芒一样的牛黄狗宝，我一边说"你不能多说话，多休息一会儿"，一边就走开到门外院子里去。吴为他们走了有一会儿了，他们真能找到那枚戒指吗？

我是直到向仪维求婚的时候，才知道她和吴为有过苏堤一夜的。我们俩恋爱的过程很简单。先就是为了那个自杀青年母亲的事情——后来我才知道，那也是一起三角事件，如果有权势一方的家人不曾用违反法律的手段强行压制，就不会有这样的恶果发生。当初吴为插手进来调查，也是想通过这个典型的案例，来说明法制建设的当务之急。后来神秘地中断，也就不再有人关注此事。凡事都跟《国际歌》唱的那样：快把那炉火烧得通红，趁热打铁才能成功。时隔五年，黄花菜早就凉了。人琴俱亡，回天无力，仪维也只能张罗着给那绝望地死去的母亲办丧事。我想起来就是觉得不可思议，仪维和她可真是一点关系也没有，人家亲戚朋友都不出面，仪维却忙得脚板朝天，连骨灰盒也是她捧出来送到墓地去的。不过，更不可思议的人就是我了，我竟然做了仪维的一回全陪，从火化到下葬我全参加了。莫名其妙地做了那么一次不知是谁的孝子贤孙之后，仪维在南山墓地间的迎春花丛中对我说："这一次真是太辛苦你了，好在不会有下一次。"我说："那也不一定，我要还老跟你在一起，没准还会背这样

苏堤春晓

［元］尹廷高

翰苑仙人去不还，
长留遗迹重湖山。
一钩残月莺呼梦，
诗在烟光柳色间。

的木梢。"我以为我说了这样的话，她就会回过头来，朝我媚上一眼。但她什么动作也没有，一边朝前走，一边看着那点缀在迎春花藤中的一骨碌一骨碌的鲜黄色的迎春花，说："迎春花开了。"就摘下了一枝来，拿在手里。这就到了虎跑路，我们各自推上自行车，她把迎春花枝插在车头，刚要说再见呢，我就见了那迎春花在春风中微微抖动的样子。反正那时候我心里突然就很难过，如同溺水一般，我就一把抓住那迎春花藤，像是抓住了一根救命稻草，我说："仪维，前面就是苏堤。"

她吃惊地看着我，后来我才知道她为什么那么吃惊，她压抑着声音问："你要干什么？"

我说我想和她到苏堤上去走一走。她就没

白堤　二我轩照相馆　摄于1911年

再理我，骑上车一个人就朝前去了。从南山路虎跑路口出来，到苏堤，要翻一个很大的坡，一般女人都会下来推车，即便有些女人有力气骑上坡，也没胆量顺着那大斜坡往下。可是仪维一口气就冲上了坡顶，然后毫不犹豫地飞下坡去。我站在坡顶上，看着她往下俯冲时的背影。两边是密密齐齐的水杉林，又高又绿，夹得当中的斜坡就如峡谷一般。仪维在当中像一支无声的箭，射向远方。她的黑头发和黑裙子高高地飞扬，像一面叛逆的大旗。

在苏堤的南入口，我看到她抚车站着。我说："我以为你不会……"

她说："我应该感谢你。"

这是她经常对我说的一个词——感谢。在

她看来，所有的一切善都是可以用"感谢"来表达的，所有的爱情也是"感谢"。那一天我们在湖边坐了很久很久。西湖的水很满，而苏堤的堤边和白堤的堤边又很不一样，它是用大石头错落砌起来的，堤上的二月兰与水挨得很近，几乎齐平。我们坐在大石头上，手往下垂，西湖水就在指缝中荡漾。"其实我一个人常到这里来。"她说。我连忙说我也是。她又说："有时候早上醒来，阳光照在脸上，好一会儿，我才发现睡眠之后我还会醒来，我还活着，我就充满了感恩之情。"我吃惊地说我也是——但那起码也是十五年前的往事了。

我们谈了许多，我第一次跟她说了我失败的婚姻。在此之前，她从来也不问我的家事。

可以说，她是我认识的熟人当中唯一一个没有问及我老婆孩子的人，所以我就跟她说了。她听了我的话，不断地点着头说："会好起来，一定会好起来的。"她的话毫无新意，但听了很舒服。我就说，你的心肠真好，怪不得连吴为也说过想娶你做老婆呢。她听了我的话，脸色稍稍有些发白，笑了起来，说："不会超过一个晚上吧。"

我很吃惊，说："你怎么知道吴为是那样跟我说的？"看见我吃惊，她的脸一下子就削瘦了下来。她眯起眼睛，看着湖面，水鸟像我和吴为的童年一样，从我们的身边掠过。她就讲了她和吴为之间的事情。她告诉我他们第一次到这里来散步，就坐在这里，六吊桥的第一座桥

几度兴衰的苏堤

壹 北宋

元祐五年，苏东坡为疏浚河道修建苏堤，其后"苏堤春晓""六桥烟柳"成为历代文人喜爱吟咏的题材。

肆 明末

苏堤再遭厄运。明代书画家陈洪绶在《西湖垂柳图》上题诗，称："外六桥头杨柳尽，里六桥头树亦稀。"

陆 清末

堤上杨柳被伐，种植桑麻，当时人曾感慨："堤边处处绿成行，不种垂柳尽种麻。"

贰 明初

苏堤以西湖面又成葑田，非复宋时旧观。

叁 明正德年间

知府杨孟瑛疏浚西湖，又取葑泥补益苏堤，将堤面增扩五丈三尺，苏堤又复旧观。

伍 清雍正年间

重修苏堤，补种花木，美景再现。

柒 新中国成立后

政府不断整治苏堤，并重修苏堤六桥，古代诗人描绘过的美景再度出现。

下。他们说啊说啊，直到半夜，有人到堤上来赶他们。吴为就建议她到他的单身宿舍去。她说让她想一想。然后她就闭着眼睛想，吴为拉着她的手，从第一座吊桥开始走起，一直翻过第六座桥，她睁开眼睛，说好吧，我跟你去。

"以后呢？"我问。我得问点什么，我虽然又吃惊又难过，但还得装作无所谓。

"没有以后了。"她沉思着望着湖面，"没有什么以后，他不再和我联系，也不再过问那个他发誓要进行到底的案子。"

"你就没有再去找他？"

"没有。"她摇摇头，也许是为了向我解释什么，她看着我说，"我不喜欢这样找人。"

一件貌似荒唐的事情就此发生。我突然说：

"我也在这里给你提个请求——嫁给我吧。"

她站了起来，推着车子，勉强地朝我笑笑，眼睛里盈满了泪水，很像这饱涨的与堤岸齐平的西湖。正是春暖花开之时，苏堤上人真多，她有些张皇地看看人群，说："走吧。"

我们就这样从北至南推着车走。现在是白天，她睁着双眼，不用我来扶。我们走过第一座跨虹桥，第二座东浦桥，第三座压堤桥，第四座望山桥，第五座锁澜桥，第六座映波桥，然后，她说："可以。"

现在，我坐在这个身份不明的跳楼女人的床前，思索另一个女人。我在想，为什么仪维重复了过去，包括重复了过去的爱情方式和过

壓堤橋夜宿

去的突然遭遇？这些重复之间有着怎样的共同的联系？它们还会有同样重复的结果吗？

　　大概也就在这时候，仪维和吴为走进了观察室，不用开口我就从他们的脸上看出了结果。仪维什么也没有说，吴为只是朝我摊摊手。尤燕燕看到他们进屋，几乎就要欠起身来，当然这是不可能的。她只能尽量地抬起头来，又希望又绝望地问："找到了吗？"

　　"没找到。"我就替仪维他们回答了。观察室有四张床，现在只躺着尤燕燕一个人，日光灯把房间照得通明，把房间中的人们的疲惫不堪也照得一览无余。吴为点了一根烟，看看尤燕燕，又掐了，说："我们把该找的地方都找了，连一根草也没落下。仪维都跪在地上摸了个遍，没有，什么也没有。"

"会不会在楼上那个包厢里？"尤燕燕哭丧着脸问。我真是不明白，刚才她连命都不要了，现在还盯着一只戒指干什么。仪维却一边过来调节着她的注射器——她的这些动作都是相当职业化的——一边说："楼上包厢我们也找了。都锁了门，我们再去找了值班的，这才弄得那么迟。"

尤燕燕一声不响，吴为使劲搓着自己的脸，然后开始打哈欠。事情到了这个份上，我开始感到有些对不住吴为了，他毕竟刚刚结婚，莫名其妙地被拉到这件事情里来了，现在要走又不大说得出口，怎么办？这么想着，我也开始打哈欠。谁知刚刚打了半个，突然房间里跟拉了警报似的，一个尖锐的声音从轻到重，充斥了整个房间。原来是尤燕燕哭开了。捂住脸，声音从鼻孔里挤出来，再从手指缝里钻出去，又闷又响，把我们都吓了一跳。还没等我们上去把她给安慰住，值班护士就来了。严厉地问我们这是怎么一回事，我们说是为了一只钻石戒指。值班护士就轻蔑地哼了一下，直到尤燕燕哭着说，没有戒指怎么交医药费，她才不哼了，神情严肃地对我们说："医院里有规定，你们都知道的，交不出医药费，我们是不能收病人的。"

吴为伸着懒腰说："总不能见死不救嘛。"

"谁说我们见死不救了，见死不救她还会在这里，说出话来负不负责！"护士很不高兴，连尤燕燕也吓得不敢哭了，静静地就见她在换着药水瓶子。吴为瞪着眼睛看她，我知道她的确是疲倦了，否则不可能那么安静没有斗志。倒是仪维朝我们抱歉地笑了笑，轻轻说："做夜班很辛苦的。"好像她是这家医院的护士。但那真护士并不领她的情，走到门口了，还回过头来，补了一句："你们交的钱远远不够，要是不能马上补交，在这里给你们待上两天就是最大的客气了。心里有数，不要到时候说我们没有给你们打招呼。"

护士一走，我就对仪维说："仪维，我看我们还是让吴为先走吧！你看这件事情把他拖到现在，怒放要骂死我们了。"

仪维连忙点头，说："走吧走吧，这里的事

110

情我们会处理好的。"

吴为看看我，看看她，说："这句话是你们说的吗？人还是我救的，真要走，也得我们三个人一起走。"

话音还没落呢，眼看着警报又要从轻到重地拉起来了，吴为就轻喝一声："哭什么，我们又没说走！"

警报就立刻停了下来，变成了抽泣的声音："我的男朋友就在六和塔那边打工，要不你们帮我打个电话，让他来换你们。"

我们三个听了这话都不吭声，过了一会儿，仪维说："你告诉我电话号码，我去。"

电话号码和地址都有，在尤燕燕的另一只裤子口袋里。仪维翻了出来，就到外面去打电话。吴为掏出大哥大让她打，她不会拨，叫我拨，我也不会。最后吴为叹了口气，便到走廊上去打电话了。走到门口才想起来问："你那男朋友叫什么名字？"

尤燕燕说他叫辉照，光辉的辉，照耀的照。吴为出去才两分钟就回来了，说："人倒是有那么一个，但半夜三更，没有人肯去叫，说是住在六和塔的月轮山下，走走有一段路呢。"

我说，等天亮再说吧，把事情交代给医院，让他们自己找那个光辉照耀去。吴为想了想说，也行，现在干等着也不是办法。我们就看着仪维。仪维却看着倒在病床上的尤燕燕，她现在不哭了，闭着眼睛，一副听天由命的样子。仪维就说，行，她也同意我们的意见，让我们先回去。她说，她已经守到这会儿了，瞌睡也早已过了，干脆就守到天亮算了。

大家都不是毛头小伙子黄毛小丫头了，这话背后的意思谁都能听出来。看来仪维还是不放心就那么走掉，但她是对的，女人比男人更容易成为人道主义者。我说："哪有老婆在前方冲锋陷阵老公在后方呼呼大睡的。吴为，劳驾你用车把仪维往家里给我送一送，这里有我守着了。"

吴为掏出车钥匙，说："还不如现在去一趟六和塔，把那个辉照接过来算了，大家都放心。"

听完这句话，尤燕燕紧闭的眼睛就张开了。

月轮山

月轮山，因其形似月而得名，六和塔就在其半山腰，游人行至山顶，可观浩浩荡荡的钱塘江。诗意的月轮山，吸引了历代文人，也留下了许多有趣的传说。元代钱惟善在《江月松风集》中写过这样一件趣事：古钱塘令张君房曾宿此寺。月中桂子下塔，如牵牛子，咀之无味。

找辉照，比找尤燕燕的钻石戒指容易多了，他就住在月轮山下一个临时搭起的工棚里。我们把他从工棚里叫出来的时候，他披着衣服还嘟着嘴揉着眼，口里自言自语道："半夜三更的什么事情？我可没有再赌过！"

我们也是照顾他的感受，这才把他叫到门外不远处的江边。这个辉照看上去十分年轻，人倒也长得清秀，不过脸上的神情实在是没心没肺。他扶着水泥栅栏，两只脚来回地倒腾，看着在幽暗中发亮的钱塘江水，也不说一句话。我们就问他认不认识尤燕燕，他说认识，是老乡。我们又问，他是不是送给她一只钻石戒指，他坚定地说没有，绝对没有。一听他的口气我们就知道尤燕燕绝对没有撒谎。我们就又问他是不是尤燕燕的未婚夫？他想了想说，不是，他只是她的老乡。"可是尤燕燕说你们下个月就要结婚了。"我将了他一军。他又想了想，说："下个月的事情谁知道！"

吴为神情严肃地对他说："尤燕燕跳楼，脊椎摔坏了。人在医院里，让我们接你过去处理。"

辉照很吃惊，问她为什么跳楼，我们含含糊糊地说不太清楚。这个辉照突然抬起头来，月光映在他的脸上，只看得见眼睛和牙齿闪闪发光，他问："她是不是又去做那种事情了？"

我们连忙说，什么事情我们不知道，我们只知道她跳楼了。他却突然高声地叫道："我不认识她！我不认识她！她跟我没关系！"

他一下子就转过身跑了，脚上一双拖鞋噼啪噼啪，声音一直传到江心，他身上披着的那件浅色衣服一晃一晃的，一会儿工夫就不见了。

这个结果，实在是在我们的意料之外，我们俩愣在了江边。我恍然大悟地说："怪不得这个尤燕燕要跳楼！"

我们依在钱塘江边又各自抽了根烟。天上一弯细月，数点寥星，地下大江奔流，万物无声。烟头在吴为的嘴间闪闪烁烁，给他添了不少的人情味儿。他突然说："你从来就不知道什么是'月儿弯弯照九州，几家欢乐几家愁'。"

"我也不知道仪维当年怎么会陷上了你。"

吴为不说话了，把那根烟抽得几乎捏不住烟头了，扔进江中，说："你这只寒号鸟，有福

岸边看六和塔　[美]西德尼·甘博
摄于1917—1919年间

气啊。"

我连忙说:"彼此彼此。"

吴为生气地说:"谁跟你油腔滑调!"

他转身就走,车停在不远处。我们刚想开车门,就听到一个人的抽泣声,是辉照。

辉照和燕燕是同乡,实际上燕燕也不是真叫燕燕,家乡人都叫她根妹。根妹比辉照大几岁,是他们乡里有名的美人,辉照小的时候都是仰着脖子看根妹的。根妹嫁出去的时候辉照刚刚初中毕业。他只知道根妹家造房子借了一屁股债还不出,就把根妹抵债到山里去了。又过了几年,人家说根妹从夫家逃走了,连小孩也扔下不要,逃到深圳打工去了。前年根妹回来，债全还了，儿子也带走了，婚也离了。那年过年，辉照第一次看到久别后的根妹。也是那一次，根妹跟他说，她改名叫燕燕了。

转过年去，燕燕又出去打工了，原来她那笔离婚的钱也是借来的，她得再去挣钱补上。辉照不知道她是打的这种工，也不知道燕燕转战南北，到了杭州。辉照是半年以后到杭州来的，他从来也没有碰过女人，一块出来的人就说他还不算是男人。为了成为男人，辉照同意了同乡的安排，决定去嫖一次。结果千巧万巧，辉照首次嫖妓，就嫖上了燕燕。

什么"老乡见老乡，两眼泪汪汪"之类的感情，他们一开始是没有的。不过他乡遇故友，他们很高兴，燕燕就给辉照出的半价。所以说，辉照一开始的确是燕燕的嫖客。辉照打工的钱从此再也不往家里寄，流水似的进了燕燕的口袋。时间长了，人跟人总归是有感情的。燕燕还清了债的那天，倒过来请了辉照一次客。就是那一次请客，燕燕问辉照愿不愿意娶她。如果愿意娶她，她就不做这种生意了，存点钱回去结婚，然后两个人开家小店，以后的日子就不用愁了。辉照想想也好，反正家乡的人又不知道燕燕是做这种事情挣的钱，以后不做就是了。辉照看电视里的钻石戒指广告，两个青梅竹马的人儿与一粒钻石：钻石恒久远，一颗永留传。他也少有地浪漫了一回，所有积蓄掏出来，给燕燕买了一只钻石戒指。这段时间燕燕忙着置办结婚物件，她的确已经有好久没再做这种生意了，他们上个月还去了趟上海呢。没想到，她一回来就又干上了，还跳楼摔断了骨头。

这些话都是辉照坐在汽车里一边哭一边对我们说的。这个没有见过多少世面的打工仔，显然已经被这样复杂的突发事件弄昏了。他泪流满面，像个涉世未深的少年。

"先生，先生，你们说我该怎么办？"他坐在后排座上不断地问我们。

我们告诉他，到了医院，和你的燕燕商量了再说。这是你们两个人的事情啊，总得你们两个人自己商定才好。他听了这话仿佛心定了一些，一路上也不再说一句话。谁知一到医院门口，他刚下了车，突然回头就跑，边跑边说：

"你们跟燕燕说，叫她给家里打电话，赶快回家吧。我还得上班，不去要被工头开除的。"

眼看着他以迅雷不及掩耳的速度第二次掉头就跑，话音未落，人已不见，展现在我们眼前的，是初夏凌晨三点钟的黑暗与迷茫。我跺了一脚骂道："他妈的，真是嫖客的风采！"吴为也愣了，总体来说，这半天他比我要严肃得多。他说："回去别对那个燕燕说实话。"

我说我知道，我何苦用一句真话换一个女人，哪怕是一个妓女的终身瘫痪呢。

当我用了"嫖客的风采"来形容一个男人对女人的逃遁时，我的确是没有深意和隐喻在其中的，套用哲学家的话语，是只有能指没有

六和塔夜玩風潮

所指的。很久以后我才想到吴为对这一句话会有什么样的反应。我想他会以为我和仪维之间无话不谈，以为我会对他当初的突然脑筋急转弯郁闷成一个心结，以为我和仪维会在无数个同床共寝之后对他的不告而别作了哥德巴赫猜想，反复寻找那阴暗面的谜底，而这一切恰恰是吴为的心病。事实上，我们互相之间已经变得非常不信任了。否则我本来可以告诉他一些常识：比如在这个时代，背叛可以是司空见惯的，不用解释的，没有理由的，甚至是可以体谅的，等等。

我对吴为的这种猜测并非空穴来风。恰恰是在这一句话以后，吴为变得和前半夜不一样了。遗憾的是我当时没有在意，这一内心事件被另一件斜刺里杀进来的外在事件遮蔽了。我们还没有进病房的门呢，就听一声喊："吴为，你还活着啊?!"

花怒放和钱成大同时从走廊的椅子上站了起来。花怒放几乎带着哭音地问："为什么不给我回电话?"

吴为把两只手就插在裤子口袋里，努力睁大眼睛看着他们俩，想了半天才问："你们俩是怎么回事?"

钱成大一边摸着肚子——他的裤腰带褪得几乎系在大腿上了，看上去他就像一个顽皮逃学的孩子，一边说："你还问我们怎么回事? 我还问你们怎么回事呢。现在都几点钟了? 你们看看!"

我们看了看，已经凌晨三点多了。钱成大就说："太过分了，太过分了，你老婆实在没办法才给我打电话的。再过四个钟头我就要坐飞机。嗻，现在你们股票套牢把我也搭进去了。"

我把这前半夜的事情大致跟他们说了说，花怒放嘟着嘴说："现在总好放他回去了，哆啰啰，你们还要他怎样？"

说实话，花怒放的这句话把我冒犯了。我一生气就不爱开口，但也不挂下脸来，我就不声不响地平静地茫然地看着前方。我们谁也不说话，就这样冷了场。

钱成大倒也是个快刀斩乱麻的人。他从口袋里掏出一叠钱，一把抓起我的手，啪的一下打在我的掌心："拜托了，给她买张票让她回

钱塘江　[美]西德尼·甘博　摄于1911—1917年间

去，我最见不得这种事情。"

"干什么，我和她非亲非故，干吗要拜托我?"

钱成大一边推着我的手一边说："朋友，朋友，听我一句话：要么我们打道回府，我送你们回去；要么你们留下，接下来的事情，你想怎么做就怎么做，让我哥们走了算了。这两千块，好比是我捐献给希望工程了，好不好?"

我看看吴为，说实话，我真是舍不得这两千块钱——尤燕燕要提心吊胆和男人鬼混多少次才能挣来啊。同时我也不希望吴为这时候走，我们俩把雷锋叔叔都已经做到这个份上了，为什么不站好最后的一班岗呢?

我的老朋友吴为打了一个哈欠，走到我身

边，拍拍我的肩膀，嘱咐我，和仪维商量一下怎么办。他不得不回去了，明天早上还有一个非常重要的会议。他当然是在撒谎，看样子他也不想隐瞒我他在撒谎。我苦笑着说："你倒是潇洒，掸掸屁股走掉了!"

他打着哈哈说："哪里哪里，嫖客的风采嘛!"

他的这句话又把他拉回到人们已经熟悉了的风趣的、精明的、玩世不恭又滴水不漏的从前的吴为的皮囊之中去了。我们都哈哈哈地笑了起来——上帝饶恕我——我的确很想在这样的哈哈大笑中一走了之。但是吴为却撸着我的肩膀把我送到观察室门口，他再次强调说："千万别告诉她那人不肯来，想个办法蒙过去，真的拜托了。"他甚至都没有和仪维再见一次。就摇身一晃不见了。

　　因为用了止痛片，尤燕燕睡着了。鬼知道仪维是用了什么办法把灯光遮起，正好盖住了这个可怜的女人的脸。仪维把我叫到门外走廊上，还没开口，我就告诉了她实情。她低下头想了想说："刚才我就做好这种思想准备了。"

　　她的头发垂下来，遮住半个脸，在幽暗的初夏的夜半天光中，她的神情又憔悴又动人。我把她搂到我的身边说："把你累坏了吧。"

　　她就那么靠着我，一会儿突然抬头激情澎湃地说："韩蒿，你是我见到的最好最好的男人。"

从六和塔俯瞰之江大学　[美]西德尼·甘博
摄于 1911—1917 年间

　　之江大学坐落在六和塔边,是一所历史悠久的教会大学,在中国教育近代化过程中起到了重要作用。之江大学现为浙江大学之江校区,其旧址于 2006 年被列入第六批全国重点文物保护单位。

我问她何以见得，她认真地说："上一次，你一直帮我把老太太的骨灰葬了，一直把那些东西在她的坟前火化了。"

我装着很感动，揉着眼睛说："所以你只用了走六吊桥的时间，就决定把终身托付给我。"

她很浅地一笑。我把这看作是一种信任，并证实了善是可以超越真实的。我永远也不能告诉她，我之所以从头到尾陪着她，乃是因为我承诺了吴为，我要看着她把这批材料统统化为灰烬。在我看来，这些东西对某些人而言，消失的确比存在更安全一些。而这些人究竟和吴为发生着怎么样的千丝万缕的关系呢？我不知道。这些用圆珠笔和铅笔写成的最原始的材料和旁证，在吴为手里压了五年之后，可以说是不再有什么时效了，但它们依然是一种潜在的隐患。关于此事，我和吴为虽然没有进行更多的交流，但彼此心领神会。

不把这些告诉仪维是好的，告诉她是不好的。告诉了她，也许她就不会有今天的善举，一个被生活所迫的女子就有可能静静地死在苏堤之南。当我那么想着、推理着的时候，我听到了一句差点把我吓出冷汗来的话，我听见她说："也许你当初的确是想看着我把那些东西都烧掉，我知道你是很忠实于朋友的。"

我愣了半天才说："难道在忠实于朋友之外，就不能够有别的了吗？"

仪维不再和我讨论这样艰深的课题了。她用她的那两只护士的温柔的手捧住我的脸，说：

"你做得非常好，超出了我的想象。其实我们现在就可以走，刚才你们不在的时候，我一个人想了很久。我在思考一个问题：万一，听着，我只是说万一——万一所有的人都不愿意管她，我怎么办？我能够做到问心无愧地离开吗？"

"当然不能。"我回答说，"否则就不是你仪维了。问题在于根本不可能没有人管她，不可能。你看这就是钱成大的钱，连他都出钱了。再说哪怕所有的人都不管她，联防队也不可能不管她的。从某种角度讲，他们就是肇事者。"

"我只是说万一，现在你设想一下，假如你在不确定有没有人会来管她的情况下就走开的话，你的内里会不舒服吗？"

于是我便问她是不是信基督教，因为"内

里"是一个上帝作用于人时才会出现的字眼。

仪维说:"我什么教也没信,你别转移话题。"

"但那是不可能的,非凡的举动总是会有非凡的思想来支撑的。"

"你说什么呀,不就是碰上了吗?"

"真是怪,就你老是碰上。"

"你不是也碰上了吗? 还有他们,他们不是也碰上了吗?"

实际上,我不考虑有没有人来管她,因为这已超过了我们的生活范围。我只是迎合我的爱人,我说:"假如我就这么走开,我的内里也会不舒服的。"

"那你拿个主意,现在怎么办?"

我说我还没来得及想怎么办,仪维说她已

经想过了。我们可以到湖北去旅行结婚，顺便把这个尤燕燕送回老家。"像这样的病例我不是没有见到过，如果护理条件好的话，她还是可以重新站起来的。"

天光已经开启，但我的眼前一片昏暗，我看不清我的新娘子了。她是谁？我为什么要娶她？她是不是太美好了，太不真实了？她是不是神经不正常？她是不是得了毫不利己专门利人综合征？一刹那间，我恍然大悟：难怪吴为一夜之间就做出了离开的决定。

我看着天空做沉思状。

"你不同意？"我听见她问。

"没有。"我说。

"我只是说万一实在没办法。"

苏堤

[明] 陈霆

杏花梢上阑残月，杨柳枝头啼百舌。
东风吹醒湖上春，绿雾红烟晓明灭。
须臾日出湖舫行，卖花遥听沿堤声。
游丝贴地不得起，随风绊住红蜻蜓。

"我知道。"

这一夜直到此刻才开始没戏，却不幸地发生在我们之间——两个最应该有戏的人之间。如果不是花怒放突然救场，我的确不知道如何收场。感谢花怒放，她使得我们的这个夜晚一波未平一波又起。值班护士叫我去接电话的时候，我还以为会是吴为打来的，结果听到的却是怒放的怒吼："韩蒿，你给我把吴为叫过来!"

我大为吃惊，吴为刚才不是已经跟他们回家了吗？怒放一听我的话这才呜呜呜地哭了起来，说："不就是为了一个戒指吗？我跟他开了一句玩笑，说我们给她交了医药费，她的这个戒指抵给我们也不为过，他就不高兴，朝我大发脾气。他想干什么？韩蒿你给我告诉他：没啥了不起，想离婚就离婚！"

我更加吃惊——不是为了离婚——是为了戒指。我问她所谓戒指是不是那枚尤燕燕掉的钻石戒指，她说她也不清楚，反正刚才回家坐在后座，屁股下面硌着一个东西，一看是枚戒指，她就戴上了。"我又不知道是那个女人的。我要知道是她的我才不戴呢！"

她这样又叫又喊的时候，我真正为那个在电视屏幕上笑眯眯地说着"观众朋友们你们好"的花怒放小姐难受，我觉得她亵渎了她——她的声音亵渎了她的声音。但放下电话时我还是感到高兴，我立刻放下电话回去报告守在病床前的仪维。我说戒指找到了的时候，尤燕燕睁开了眼睛，声音发沉，说："……把钱换回来

......"

我看着她，不知道她说的是什么意思。她又说："……你们垫的钱……"

我看到了她的脸上的那种神情，我是说，在一个这样的女人脸上，也会有被文人们形容为纯洁的东西。所以我说："别想那么多，不会没人管你的。"

戏剧化冲突此时达到最高峰。就像做梦一样，我看见吴为推着那个辉照走了进来。我冲着吴为就喊："还不快给你老婆打电话!"

他却说："这家伙在医院门口探头探脑的，被我推进来了。"

这个叫辉照的男人，眉清目秀，脸上已经没有我们两个小时前看到的那种委委琐琐的

苏堤春晓

[明] 聂大年

树烟花雾绕堤沙，楼阁朦胧一半遮。
三竺钟声催落月，六桥柳色带栖鸦。
绿窗睡觉闻啼鸟，绮阁妆残唤卖花。
遥望酒旗何处是，炊烟起处有人家。

东西。他吸着鼻子，仿佛对他面前摆着的现实，并没有多少了解。他甚至还有点兴奋，举着戒指，对躺着的女人说："根妹，你看，找到了!"

我们是看着苏堤从夜进入晨曦的，我是说我和仪维。我们一直从灵隐路步行而下，我们的心和脚步一样轻松。现在，所有的人都到了他们自己应该去的地方：尤燕燕在床上，辉照在床前，联防队在医院办公室，花怒放在家里，钱成大在空中，吴为在车里，而我和仪维则在苏堤。

我们原本并没有想到要到苏堤上去走一走，我们只是信步而下。可以说，我们是在享受一种我从小学毕业之后就不曾再有过的感情。我

蘇堤看新綠

也可以说这种感情是相当幼稚、相当保守、相当不先锋的。因为它一点也不酷，所以不足为人所道。

这样，我们几乎已经可以说是和苏堤默默地擦肩而过了。但在香格里拉饭店对面的停车场，却意外地看见一辆熟悉的轿车。所谓看见，只是我看见，仪维哪怕看见，也等于没看见。我现在开始明白仪维是一种什么样的女人——她和我们所有的人不一样，只看到她想看到的东西。

我迟疑了一下，停住了脚步，那么说，我的老朋友吴为已经先我而行，独步苏堤去了。也就在这时候，远处，仿佛还是在湖上，传来了一声笛响，很长，很响亮，一气呵成地把苏堤从朦胧中径直送进清晨。笛声就像晨鸟，在苏堤对面金沙港的层层水杉梢头跳跃。天色正在一片片地透亮起来，湖面像黛青色的玉，风吹过来，它就抖动一下，没有风的时候就平静如谜，湖面像……我看看仪维，我觉得湖面像仪维。哎，我已经多少年没有领略过早晨——现在已经不是春晓而是夏晓了。

仪维告诉我，吹笛人是一个身怀绝技的流浪汉。他曾是一个著名的演奏家，后来成了著名的百万富翁，再后来，成了著名的破产者。现在他依旧著名，他成了一个卖艺为生的著名流浪汉，天天清晨在苏堤上吹笛子。仪维告诉我，她夜班下班，常常到这里来走一走，常常就会听到吹笛人的笛声。

我们就是在这时候不知不觉走向苏堤的。晨曦微露，六桥在望，月挂柳枝，新荷初放。我仿佛看见苏东坡的宽衣长袖在堤上飘然掠过。我站在映波桥上，想说些什么，但说不出来，只知道站在这里，有一些想法不再和从前一样。但离开这里，会不会又回到从前？为了凝固住此刻的我，我说："仪维，我真是那么想的，如果实在没有人管她，我就和你把她送回家去。"

　　仪维笑起来了，说："湖北不知道有没有苏堤春晓啊……"

在当下中永恒

——《苏堤春晓》中的大义

这个故事中套来套去的有几个三角，如果厌烦了那种类似恋爱脑式叙事的文本，可能会觉得这部小说实在是没什么太大新意。但很少有人注意到作品最后那个春晓到来之时，靠在苏堤六吊桥中第一桥跨虹桥上的流浪者，他正在怡然自得地吹着笛子，悠然而忘我，此时他成了小说中的点睛之人。通过小说主人公的对话，可知吹笛人从前是个大大的暴发户，声色犬马歌舞升平，经历了一切后归零，落得个白茫茫大地真干净。某天流落到江南西湖，竟然被一个乞丐笛手点化，从此日日东方拂晓，便来这桥头吹笛。苏堤是不通车的，跌落人间的笛声却成了湖上梵音。

我把小说中那两个被尘埃污水浸泡得疏离的朋友，安置在这样一个场景中，他们听着笛声，接受西湖的洗礼。

而这个故事，其实是非常现实、非常戏剧，几乎可以说是我亲历的。

在我年轻的时候，曾经和一群作家朋友到郊县去参加过一次红色历史的调查准备。半个多世纪前，有一群理想主义者为后来者的幸福生活殉难。这是一个庄严的、高大上的使命，为了不让他们的事迹沉入历史的深处，我们来此对他们的往事进行烛微钩沉。

他们是夜空的星辰，我们是要登上天梯去瞻仰他们。所以我们完全没有想到，一件突发事件，让我们低头探望，我们几乎窥到了地狱的边缘。

简单地说，有些情节和小说几乎一模一样。我们吃完饭，正在酒店五楼房中休息，隔壁骚乱，走廊人声喧哗，一个女人破窗而出。我开窗一看，大声呼叫，一群作家冲下救起这女子。和小说中描写的一模一样，她是做"小姐"的，准备在结婚前最后做一次，以便凑足婚事的钱，然后就被抓了。

但我想写的并不是这个故事，它作为一个

主体，摆在那里，似乎成为叙事的核心。但我真正想表达的则是一群旁观者的姿态。鲁迅先生在小说《药》中，把这些人视为麻木不仁的看客、吃人血馒头的愚夫。但我小说中的大小主角们，则是读着鲁迅的文章长大的，他们经历过启蒙，有过春晓般的激情，他们曾经渴望在西湖边如苏东坡一般建立不朽伟业，有一条属于他们自己的"苏堤"，成就永恒的丰碑。

然后，他们发现根本就没有丰碑，在他们的时代，一切都只能在当下并瞬息即逝，永恒是一个春秋大梦，它属于八百年前的苏东坡，不属于他们。于是，他们一个成为精致的利己主义者，一个成为随波逐流的虚无主义者。

就在各种思潮还在牵扯着他们，使他们重

新建立起来的生活逻辑还不够坚固之时，一件把他们的生活砸出一个大坑的事件，突然就发生了。真是天降猛女，一个卖身女子，竟然为了保住未来生活的贞洁无瑕，一跃而从高处跳下，把一群看客砸得目瞪口呆。

于是，参与进去，还是赶紧逃离；是又当又立，还是适可而止，一连串的人物行动，情节就此戏剧化地展开了。

在男主一（吴为）看来，人间的悲惨就是一种常态，是不足以感染观看者的，这些恻隐之心愚蠢得就如在寺庙里烧香的善男信女。他要积累做有利于他、而非有损于他的事功；而男主二（韩蒿）则并不认可男主一，但他没有力量，除了旁敲侧击，他只能随波逐流。这两个男人都没有正面生活的勇气和格局。如果没有那个普通女护士仪维的存在，她推动着事物向被修复、向善向好的方向努力，这就促成了故事的另一个结局了。

这是完全契合于我所经历的那个事件的。我们参与了那次营救跳楼者的前半部分，我们送她去了医院，我们安排她住在走廊里，给她买了水果，最后我们回家了。途中那位第一个营救者，半道折回，他决定把事情负责到底。就这样他跳进了坑里，一直联系到那女子远方的山中家人，把半瘫痪的女人亲自交接到她的亲人手里，目送着钱塘江水上的船只把她漂走。

这些事情，都是过了许久，我们才知道的。

作为一个记述故事的人，除了参与了一件

别人的命运之事，对其本人而言，又有什么意义呢？因此企图永垂不朽吗？或者期待来日涌泉相报吗？事实上除了给施救当事者惹了一身是非之外，并没有留下什么。

这也是人们经常劝我，不要去做那些鸡毛蒜皮的事情，你是个作家，你应该写作，用作品说话。其他什么同学啊，老师啊，同事啊，朋友啊，意思下便可以了，否则你什么时候写作啊。每当这时我就会想起高尔基的"私生子"段子。苏联新经济政策开始之初，人民生活十分艰辛，不少女作家甚至养不活嗷嗷待哺的孩子，她们去向高尔基求救时，高尔基就会写一张条子，证明孩子是他的私生子，所以必须分配粮食给他们。因此高尔基在那段时间里就冒出了一群私生子。不知这个段子的真假，但至少告诉我，当下就是永恒，生活就是全部，生活之外无生活，生活之外无意义。

苏堤春晓，是借苏东坡第二次来杭出任太守时，见西湖已几近干涸，百姓浇灌良田已无蓄水。为此疏浚西湖，而挖出的多余泥浆无处可去，诗人遂灵感大发而建堤，并筑三潭以作地标，保护湖面不受水草侵袭。苏东坡绝非因为要留一条千年以后被人景仰的人格化象征的长堤，才疏浚西湖的。他在杭州做了许多千古留名之事，都为急生民倒悬而为。他建了中国最早的公立医院雏形；他最早在西湖的北山和南山开出一条连通的交通要道；他最早化腐朽为神奇，在淤泥上植树栽柳，使西湖成为美的化身。把西湖比作美女西子，也是从他开始的。他做了那么多永垂不朽的事情，可当时的初心却简单得再也不能那么简单了——解决老百姓的实际困难，做一个父母官应该做的事情。

故而，当下即永恒，永恒即当下。良知告诉你要去做的事情，就是必须要去做的事情。当我们介入生活，甚至掉进生活大坑里时，难道我们不正在经历着恒常的生活本身吗？我们自然也可以躲避、逃离，只是我们至少在苏堤上听到天籁之声时，心中是要有所反思，有所反省，有所感动，我们至少是要有五味杂陈之感的。

因为，这毕竟已经不是鲁迅先生记录的那个吃人血馒头的时代了。

苏堤六吊桥

春
板荷薯
跨虹桥
玉带晴虹
金沙港
東浦
豊乐桥
玉带桥
苏堤春晓
柳浪桥烟
鱼沼秋容
映波桥
小有天

苏东坡第二次当杭州太守时，看到西湖里到处是葑田，把西湖都淤塞了，就贴出告示，限令每个葑田主人，三个月之内，将田上的作物割净，并派一小队兵丁去湖上拆葑田。领头的接到命令，前来请示："太守此举何日开始?""越早越好。""葑泥往何处堆放?""三天后听苏主簿吩咐。"

　　苏东坡心中本有两个打算，一是主簿苏坚

建议，葑田开拆后，就近向四岸堆放，节省人工；另一个是在湖上堆个小岛，倒也别有一番风味。想来想去，每个办法都各有利弊，所以一直没决定。

这天，苏东坡和苏坚乘马环湖踏勘，商量如何处理湖上的葑泥。走到大佛头，突然想到对岸净慈寺看看。他们将马寄在湖边寺中，走到渡口，苏东坡对着湖中喊了三声："船家，船家，船家——"

奇怪的是，喊过之后，不像往常那样有小渡船出来，相反，听到一阵渔歌：

北山女，南山男，隔岸相望诉情难；

天上鹊桥何时落，环湖要走三十三！

苏东坡一听，心想，这不是向我献策吗？他看看苏坚，苏坚说："太守，这是一首民歌，如果用湖上的葑田泥，在湖的南北之间，筑起一条长堤，岂不既可堆放葑泥，又可减少南北两岸百姓往来的不便吗？"此时，从湖里飞出一条小船，船上的一个小生，朝苏东坡打躬说："小人在此恭候多时，愿听太守吩咐！"苏东坡又惊又喜，问："你何以知道我要来湖边？"那小生说："太守可听到渔歌？"苏东坡笑笑，说："唱得好，唱得好，也使苏某我开窍了！"

　　就这样，苏东坡发动了两千余名民工，拆除湖里的葑田，将田泥运向南北岸之间，分段筑堤。一转眼几个月过去了，到了这年八月，湖上的葑田已全部拆除，田泥已经用完，可是还有几段堤没有连接。苏东坡本来想造几座桥，但是钱银又不足，只好暂时停下。后来，还是两岸青年男女想出了办法，南岸的打柴青年捐了六块大木板，做成六顶吊桥。多数时间，吊桥吊起，让里湖外湖的船只通过堤孔。每当早市、午后和傍晚，吊桥就放下来让两岸的行人通行，免却渡船的麻烦。每天晚饭后，两岸男女相会，那番"鹊桥相会"光景，被两岸百姓赞为西湖上的奇景，便成为"苏堤六吊桥"。